© 2013 Martins Editora Livraria Ltda., São Paulo, para a presente edição.
© 1995 Edgard Bittencourt.

Publisher *Evandro Mendonça Martins Fontes*
Coordenação editorial *Vanessa Faleck*
Produção editorial *Heda Maria Lopes*
Revisão *Lucas Torrisi*

1ª edição novembro de 2013
2ª edição setembro de 2013

Dados Internacionais de Catalogação na Publicação (CIP)
(Câmara Brasileira do Livro, SP, Brasil)

Bittencourt, Edgard
  Natureza maluca / Edgard Bittencourt. -- 2. ed. --
São Paulo : Martins Fontes - selo Martins, 2013.

  ISBN 978-85-8063-115-9

  1. Poesia - Literatura infantojuvenil
I. Título.

13-09314   CDD-028.5

Índices para catálogo sistemático:
1. Poesia : Literatura infantil   028.5
2. Poesia : Literatura infantojuvenil   028.5

Fonte: Myriad Condensed Web | Papel: Couché fosco 150g/m²
Impressão e acabamento: Cromosete

Todos os direitos desta edição reservados à
Martins Editora Livraria Ltda.
Av. Dr. Arnaldo, 2076
01255-000 São Paulo SP Brasil
Tel.: (11) 3116 0000
info@emartinsfontes.com.br
www.martinsfontes-selomartins.com.br

Natureza Maluca

Texto e ilustrações
Edgard Bittencourt

martins fontes
selo martins

Que natureza maluca!
Nela há bichos de montão.
Você acha uns bonitos, outros não.

Uns, como a gente, vivem do dia,
outros, à noite, começam a folia.

Enquanto um gosta de muito calor,
outros não precisam de ventilador.

Uns bichos trabalham demais,
outros, preguiçosos, jamais.

Este aqui quase não dá para ver,
já esse outro, nem no livro vai caber.

Uns se parecem com a gente, outros são bem diferentes.

Enquanto uns moram na mata, outros vivem na maior mamata.

Uns bichos vão para a panela, outros têm a boca maior que a janela.

Certos bichos são um encanto,
já outros, perigosos, nem tanto.

Mas você, que é bicho também, pode ser amigo de mais de cem.

Escreva dando a sua opinião sobre o livro.
Edgard Bittencourt • Caixa Postal 359
12460-000 • Campos do Jordão, SP
naturezamaluca@gmail.com